Larabella die *Glücklichkeitsfee*

MISSION: GEMÜSE-NINJA

Gabriele Sirotek

Illustrationen von John DeGiorgio

Ich widme dieses Buch
Lina, Lara & Leon
sowie allen Kindern dieser Welt,
die gesund und glücklich
aufwachsen sollen!

Beim Kauf dieses Buches wird mit € 1,- die Happy Kids Stiftung unterstützt.

… ZUM GEBURTSTAG, LIEBER TOMMI, ZUM GEBURTSTAG VIEL GLÜCK!“

Mama bringt eine Torte mit leuchtenden Kerzen an den Tisch und alle singen. Tommi ist glücklich, denn seine ganze Familie ist da, um mit ihm seinen Geburtstag zu feiern. Alles dreht sich nur um Tommi, der heute wie ein Pirat aussieht. Er verkleidet sich für sein Leben gerne!
Mama hat ihm diesmal eine Torte in Form eines Piratenschiffes gebacken – sie sieht toll aus und schmeckt vor allem sehr gut. Dazu gibt es selbstgemachten Himbeersaft und süße Früchte. So lecker! Tommi liebt es, zu naschen!

Und natürlich bekommt Tommi auch seine heiß ersehnten Geschenke. Er ist ein Fan von Ninja in allen Variationen. Sie gefallen ihm so, weil sie super kämpfen können, sich für das Gute einsetzen und daher auch immer gewinnen. Tommi verkleidet sich oft als Ninja und ahmt ihre Kampfbewegungen nach. So schleicht er sich an seine Schwestern heran, die sich dann zu seiner großen Freude furchtbar erschrecken.
Wenn er groß ist, will er auf jeden Fall ein Ninja werden, das ist klar.

Doch jetzt geht's erstmal ans Geschenke auspacken! Tommi fischt voller Freude die zwei ihm noch fehlenden Ninjaturtle-Figuren aus dem Ninja-Geschenkpapier! Und eine Schachtel mit Lego Ninjago kommt im zweiten Päckchen zum Vorschein! Tommi ist sehr glücklich und kann es kaum erwarten, morgen in aller Ruhe mit seinen neuen Sachen zu spielen.

Im Moment kuschelt er aber genüsslich mit Oma und erzählt Opa in leuchtenden Farben vom Geburtstagsfest im Kindergarten.

Die Zeit vergeht wie im Flug und langsam aber sicher verabschieden sich alle Gäste von Tommi und seiner Familie. Tommi merkt, dass er total müde ist. Gut, dass er morgen lange schlafen kann. Das tut er nämlich sehr gerne.

Gleich nach dem Pyjama anziehen, waschen und Zähne putzen huscht er ins Bett. Tommi's Schwester Lilli wartet schon auf ihn. Heute ist Papa dran mit der Gute-Nacht-Geschichte. Schon nach den ersten Sätzen merkt Tommi, dass ihm die Augen zufallen und er Papa's Erzählung mehr träumt als hört.

Mitten in der Nacht wacht Tommi plötzlich auf und möchte sich zu Mama ins Bett kuscheln, wie er das manchmal tut.

Doch heute zögert er, etwas ist anders. Er hat das Gefühl, dass ihn jemand beobachtet. Tommi schaut sich um, sieht jedoch nur sein Zimmer mit den neuen Spielsachen, seine Polizeistation, seinen Teddy ganz nah bei ihm, ... doch halt! **WAS IST DENN DAS!?**

Tommi schläft im unteren Teil eines Stockbettes, das sein Papa zu einem Feuerwehrauto umgebaut hat.

Und hier über seinem Kopf schaukelt eine … Tommi reibt sich die Augen … eine kleine Elfe! Oder ist es eine Fee? Er weiß es nicht genau, schließlich kennt er solche Fantasiewesen nur aus den Geschichten seiner Schwester Lilli. Diese hier sieht allerdings sehr echt aus! Sie ist eine zierliche Erscheinung mit wunderschönen, durchsichtigen Flügeln.

Sehr lustig findet Tommi ihre Kleidung!

Das kleine, entzückende Wesen strahlt Fröhlichkeit aus und lächelt Tommi die ganze Zeit an. Er würde gerne nach Mama rufen, tut es aber nicht, weil ihn diese winzige Person so fasziniert. Er richtet sich auf und fragt neugierig nach ihrem Namen. „Ich heiße Larabella", antwortet sie kichernd mit einer lustigen, frechen Stimme und fliegt an das andere Ende des Bettes, so als wollte sie Verstecken spielen.

„Was tust du hier, Larabella?", möchte Tommi wissen. „Dich besuchen", klingt es nun aus der rechten hinteren Ecke des Zimmers. „Und warum?" „Weil ich dich mag und dir etwas zeigen möchte", flüstert ihm Larabella ins Ohr. Jetzt ist Tommi hellwach. „Wie... ?! Du magst mich? Aber du kennst mich doch gar nicht!", meint er erstaunt. „Das denkst du vielleicht! Ich bin deine *Glücklichheitsfee* und kenne dich schon dein ganzes Leben lang!" „Was ist bitte eine *Glücklichheitsfee*?", fragt Tommi jetzt total verblüfft. „Ich helfe dir, gesund zu bleiben und glücklich zu sein", erzählt Larabella. „Verstehe, und was möchtest du mir zeigen?" Tommi kann die Antwort kaum abwarten.

„Hast du Lust auf einen kleinen Ausflug?", lädt seine *Glücklichheitsfee* ihn ein und setzt sich auf Tommi's rechte Schulter. Er nickt energisch und beobachtet gespannt, wie Larabella murmelnd mit ihren kleinen Händen vor seiner Nase herumwedelt. Und plötzlich spürt Tommi, dass sein Körper leicht und immer leichter wird. Zuerst schwebt er über seinem Bett und dann durch den ganzen Raum! Tommi kann es kaum fassen und muss lachen. Larabella winkt ihn zu sich. Gemeinsam fliegen sie durch das Zimmerfenster hinaus und verlassen, über den Nachthimmel gleitend die Stadt. Es ist wunderbar!

Sie schweben über Wiesen, Wälder und Berge und kommen nach einer Weile an einen Ort, den Tommi noch nie gesehen hat. Die Bäume, welche großen Grashalmen ähneln, bilden zusammen mit üppigen Sträuchern und riesigen Blumen einen dichten Wald. Tommi und Larabella landen auf einer Lichtung. Hier ist es bereits Tag. Die Sonne schickt ihre wärmenden Strahlen und die Luft ist erfüllt vom herrlichen Duft der Pflanzen.

Tommi lauscht gedankenverloren dem wunderschönen Vogelgezwitscher und erschrickt, als er Larabella neben sich auf einem Baumstamm sitzen sieht. Sie ist plötzlich genauso groß wie er und kichert wieder, als sie in sein erstauntes Gesicht blickt.

„Wow, wie hast du das gemacht?“, möchte Tommi wissen. Larabella zwinkert ihm zu und antwortet mit geheimnisvoller Stimme: “Tja, wir *Glücklichheits-feen* können so Einiges.“ „Das ist cool!! Aber, Larabella, warum habe ich dich bisher noch nie gesehen?“, fragt Tommi verwirrt. „Weil genau jetzt der richtige Moment dafür ist“, lächelt Larabella. „Und warum sind wir hier? Wo sind wir überhaupt?“, wundert sich Tommi während er den Blick über die zauberhafte Landschaft schweifen lässt.

„Ich möchte dir meine Freunde vorstellen. Schau, da kommen sie schon!“,

freut sich Larabella, während ihre Augen erwartungsvoll das Gebüsch vor ihnen absuchen.

ES KNACKT UND KNISTERT

in dem üppigen Strauch, als pfeilschnell drei große Kugeln hervor rollen und direkt vor Tommi's Füssen zum Liegen kommen.

Nach vorsichtiger Betrachtung ist er völlig sprachlos! Es sind drei Ninja, die nicht viel älter und größer wirken als er selbst! Sie tragen dunkelgrüne Anzüge, Augen- und Kopfbedeckungen. Diese rutschen ihnen allerdings nun von ihren Köpfen, als sie lachend am Boden kugeln, herumalbern und sich schließlich erheben, um Larabella wie eine alte Freundin zu begrüßen.
In diesem Augenblick erkennt Tommi, dass einer der Ninja ein Mädchen ist und tausend Fragen schwirren ihm durch den Kopf.

Die drei Ninja gehen auf Tommi zu und begrüßen ihn sehr freundschaftlich mit einem High Five. Sie stellen sich als Tim, Kim und Jim vor und freuen sich, ihn endlich kennenzulernen, denn Larabella hat ihnen schon sehr viel von Tommi erzählt.

Tommi kommt aus dem Staunen nicht mehr heraus
und alle seine Fragen sprudeln aus seinem Mund.

„Wie kann man in unserem Alter schon ein Ninja sein?“ „Wir sind schon immer so!“

„Warum ist euer Anzug grün?“
„Wir leben im Wald und können uns damit einfach besser tarnen!“

„Wie wird man ein richtig guter Ninja?“ „Wir trainieren täglich!
Jeden Tag ein kleiner Schritt führt Dich an jedes noch so große Ziel!“

„Ist das nicht furchtbar anstrengend?“
„Nein, wir lieben es, Ninja zu sein und darum macht das Training Spaß!“

Eine Frage brennt Tommi ganz stark auf der Zunge: „Wie kann ein Mädchen Ninja sein?“ Kim lacht und zeigt Tommi, worin ihre Stärke liegt. Während Jim sehr akrobatisch und Tim sehr stark ist, erweist sich Kim als besonders flink und wendig. Ganz schnell sieht Tommi ein, dass es völlig egal ist, ob ein Ninja ein Mädchen oder ein Junge ist.

Tim, Kim und Jim bieten Tommi an, ihm ein paar Übungen zu zeigen, was er natürlich freudestrahlend bejaht. Er lernt, sich im Fallen gut und sicher abzurollen, mit den Händen Angriffe abzuwehren und erkennt, worauf er achten muss, um schneller als sein Gegenüber zu sein.
„Kämpft ihr eigentlich immer ohne Waffen?", möchte Tommi nach einer Weile wissen. Lachend antworten die drei Ninja: „Wir trainieren gerne und sind schlau. Aber wenn es ernst wird, haben wir spezielle Waffen.

MÖCHTEST DU SIE SEHEN?".

Leise schleichen sie mit Tommi ein Stück weiter in den Wald hinein. Sie halten dabei immer wieder lauschend inne. Plötzlich hören sie ganz deutlich ein lautes Schmatzen. Das Geräusch ist sehr unheimlich, aber die Ninja gehen unbeirrt darauf zu. Tommi folgt ihnen mutig – was soll schon passieren? Schließlich ist er mit seinen Helden unterwegs! Mucksmäuschenstill kauern sich die Ninja auf den Boden und winken Tommi zu sich. Er legt sich in das weiche Moos und wartet gespannt, was nun passieren wird.

Kim schiebt mit ihren Händen vorsichtig ein paar Zweige des Strauches, hinter dem sie sich verstecken auseinander. Was Tommi nun sieht, ist richtig gruselig. Auf der Lichtung erblickt er sechs Tiere, die wie riesengroße, dicke, sitzende Spinnen aussehen! Mit ihren mindestens zehn Armen stopfen sie unaufhörlich Futter, das sie anscheinend hier zusammengetragen haben, in ihr großes Maul. Tommi findet das ziemlich widerlich und er hat das Gefühl, dass die gefräßigen Kreaturen ständig wachsen. Plötzlich rülpst eines von ihnen sehr laut und spuckt dabei ein neues Wesen aus. Auf diese Weise wurden in den letzten paar Minuten schon zwei neue Tiere ‚geboren'.

„Was sind das für komische Wesen und was fressen sie da?", fragt Tommi entsetzt. Tim antwortet: „Das sind Bakterien und sie fressen fast alles, was sie finden, am liebsten so viel Süßes wie möglich. Davon werden sie dick und fett und vor allem immer mehr!" „Und wenn sie ganz viele sind, greifen sie uns an und wir müssen kämpfen!", setzt Jim die schaurige Erklärung fort.
„Wie könnt ihr sie besiegen?", hakt Tommi total aufgeregt nach. „Wir haben Waffen entdeckt, mit denen wir sie im Zaum halten können. Um die Bakterien rechtzeitig aufzuspüren, müssen wir ständig auf der Hut sein. Doch das ist uns bisher noch immer gelungen", sagt Tim zwinkernd zu Tommi.

„Welche Waffen?“, will Tommi wissen. „Schau‘ mal zu!“, rufen die drei Ninja und schnappen sich jeweils ein Kampfgerät, das sie im Gebüsch versteckt hatten – aber halt ... das sind doch keine Waffen!
Tim hält eine große Karotte wie einen Speer in der Hand. Er zielt und schießt ihn einer Bakterie genau ins offene Maul. Kim feuert mit einem Maiskolben. Sie dreht ihn so schnell, dass die Maiskörner einzeln davonfliegen und im großen Maul der dicken Fresswesen landen. Jim spannt kleine grüne Bällchen in eine Steinschleuder und trifft ebenfalls.

Tommi erinnert sich, dass er sie vom Kindergarten kennt. Dort haben sie eine Weile sehr viel über Gemüse gelernt, welche Sorten es gibt, welche Vitamine enthalten sind und so weiter.

Obwohl Tommi gar kein Gemüsefan ist, fand er das damals trotzdem sehr lustig. Es war wie ein Ratespiel und er war überrascht, dass es so viele verschiedene Sorten gibt. Einige Gemüsearten werden in Österreich ganz anders genannt als in Deutschland oder in der Schweiz, obwohl in diesen Ländern alle deutsch sprechen. Tommi hat sich vieles gemerkt!

Kartoffeln, weiß er, nennt man in Österreich auch Erdäpfel, genauso wie Paradeiser, die fast überall sonst Tomaten heißen. Karfiol ist Blumenkohl, Kraut auch Weißkohl, Kukuruz und Mais sind dasselbe, Karotten nennt man

auch Möhren, Kohlsprossen heißen in Deutschland Rosenkohl und Erbsen sind eigentlich gar kein Gemüse – das weiß er auch noch. Sie sind Hülsenfrüchte und genauso wie Linsen, Bohnen und Kichererbsen bringen sie unserem Körper wichtiges pflanzliches Eiweiß.
Tommi versteht nicht, warum ihm das jetzt eingefallen ist, aber ... klar! Genau, es sind Erbsen, die Tim den Bakterien ins Maul schießt! Tommi freut sich, dass er so ein gutes Gedächtnis hat.

Was jedoch nun, nach dieser Gemüse-Schlacht mit den Bakterien passiert, ist absolut unglaublich! Sie beginnen zu schrumpfen und werden immer kleiner und kleiner, bis sie sich mit einem leisen ‚Plop‘ in Luft auflösen!

Tommi staunt und sprudelt wieder über vor Fragen: „Wie geht das? Warum? Was tun diese Bakterien überhaupt?"
Während sie sich auf den Rückweg machen erklärt Tim: „Bakterien mögen kein Gemüse." „Obwohl es so gesund ist?", wirft Tommi ein. „Ja für uns ist es gesund, aber nicht für sie", ergänzt Kim. „In deiner Welt gibt es auch Bakterien, nur sind sie da winzig kleine Lebewesen. Sie vermehren sich aber auch sehr rasch, wenn sie einen Ort finden, an dem sie sich wohl fühlen und wo sie genug zu fressen haben." „Das klingt nach richtigen Ungeheuern!", meint Tommi besorgt. „Nicht nur", antwortet Jim. „In der Natur helfen Bakterien etwa mit, tote Tiere oder auch abgestorbene Pflanzen zu verarbeiten und wieder verwendbar zu machen – wie im Komposthaufen deiner Oma oder auch in deinem Darm. Dort sind Bakterien gut und wichtig. Überall anders in deinem Körper machen dich zu viele davon allerdings krank!"
„Was, die sind auch in meinem Körper?", ruft Tommi erschrocken!

„JA NATÜRLICH, LIEBER TOMMI!“, erklärt Tim weiter.

„Es finden sich zum Beispiel welche in deinem Mund. Sie fressen dort Speisereste und wenn du sie nicht wegputzt, machen sie Löcher in deine Zähne. In deinem Darm hast du dagegen viele gute Bakterien. Sie helfen dir, die Nahrung zu zerlegen, die du isst!“ Kim fügt hinzu: “Mit vielen Süßigkeiten, Schokolade und wenig gesundem Essen, fütterst du aber auch die „bösen“ Bakterien in deinem Darm, die sich dann stark vermehren. Sie sehen ganz ähnlich aus wie unsere hier, nur viel, viel kleiner. Durch sie können auch Pilze und andere Krankmacher in deinem Körper besser wachsen.
Das schwächt dich und dein Körper muss sich schützen und dagegen wehren. Das ist auf Dauer sehr anstrengend und macht dich müde und krank.“

„Ja, und wenn dein Körper bereits geschwächt ist, können sich auch an anderen Stellen noch problemlos Bakterien ansiedeln und du hast zum Beispiel ständig Ohren- oder Halsschmerzen“, weiß Jim. „Du musst dann Medizin nehmen, die alle deine Bakterien abtötet – die schlechten und leider auch die guten. Das macht deinen Körper aber noch kraftloser. Es ist wie eine Abwärtsspirale.“

Empört unterbricht ihn Tommi: „Kann ich gar nichts dagegen tun?"

Jim fährt beruhigend fort: „Doch, du kannst weniger von den Sachen essen und trinken, die den Bakterien schmecken und mehr von denen, die dein Immunsystem stärken! Jeder muss sein persönliches Gleichgewicht finden – es ist immer eine Frage der Menge!
Wenn der Großteil deiner Mahlzeiten gesund und ausgewogen ist, dann kannst du ruhig auch ein wenig naschen."

Tommi sieht Jim fragend an: „Mein Immu...was? Was ist das nun wieder?".

Tim erklärt: „Dein Immunsystem kannst du dir wie eine durchsichtige Schutzhülle vorstellen, die deinen Körper umgibt und dich vor Krankheiten schützt. Je gesünder du dich ernährst und je mehr du dich im Freien bewegst, desto dicker ist diese Schutzhülle. Da prallen Krankheitserreger einfach ab und du bleibst fit und gesund."

„KOMM, WIR ZEIGEN DIR NOCH ETWAS!“

Die vier laufen ein Stückchen weiter durch den Wald bis zu einem riesigen Gemüsefeld. Hier bauen die Ninja ihre Gemüsemunition an, die ja auch gleichzeitig ihre Nahrung ist, mit der sie ihren Körper stärken.

Seine neuen Freunde erklären Tommi, dass die Natur alles bereit hält,
was unser Körper braucht, um gesund und fit zu bleiben.
Tim zieht eine Karotte aus der Erde und reicht sie Tommi,
damit dieser sie waschen und kosten kann.

Tommi zögert und die drei Ninja bemerken natürlich, dass er gar nicht begeistert ist. Jim fragt: "Tommi, weißt du was wirklich coole und schlaue Kämpfer machen?"

„Was denn?", hofft Tommi auf einen weiteren Ninja-Kampf-Tipp. „Sie geben ihrem Körper immer das Beste! Das ist: viel Wasser, Nüsse, Samen, frisches Gemüse und Obst! Und all das in möglichst bunten Farben! Schau' mal her!"

Jim bewegt schwungvoll seine Hände und wie von Zauberhand erscheinen fünf Farbbogen in der Luft und in jedem von ihnen ein Wort. ‚Bewegung' steht da auf dem violetten Hintergrund, ‚Obst & Gemüse' auf dem gelben und ‚gute Fette' auf dem grünen. Im roten Bogen leuchtet das Wort ‚Eiweiß' und im blauen ‚natürliches Wasser'. Die Anfangsbuchstaben strahlen ganz besonders hell und ergeben zusammen gelesen das Wort ‚Bogen' – das sieht Tommi erst jetzt. Er erkennt den wunderschönen Regenbogen, der immer größer wird und auf dem Feld zu wachsen scheint.

„Toll unser Gesundheitsbogen, nicht wahr Tommi?“, meint Jim. „Merke ihn dir gut, damit du immer weißt, was deinen Körper gesund hält und zu deinem Wohlbefinden beiträgt! Wir Ninja kosten außerdem alles, was wir neu kennenlernen und haben deshalb schon eine riesige Auswahl an Nahrung! Warum glaubst du, sind wir so stark und gesund?“, ermuntert er Tommi.

Das klingt überzeugend. Tommi gibt sich einen Ruck und beißt in die Karotte, dass es nur so kracht! Er kaut und ist erstaunt!
Die Karotte schmeckt herrlich, frisch, knackig und süß zugleich!

Kim bringt noch anderes Gemüse und ein paar frische Erbsenschoten. Tommi probiert von allem und zu seiner Überraschung findet er es total lecker! Er genießt jeden Bissen. Kim erzählt, dass in den Erbsen sehr viel pflanzliches Eiweiß steckt, das dem Körper Kraft gibt und die Muskeln stärkt! Strahlend bedankt sich Tommi bei ihr: „Das ist wirklich interessant, Kim! Genau das brauche ich! Und so gut wie die Kostproben hat mir Gemüse noch nie geschmeckt. Ich werde diese gemüsigen Waffen ab jetzt viel öfter essen, damit ich gesund bleibe! Aber eine Frage hab' ich noch:

WARUM SOLL ICH NUR WASSER TRINKEN?"

„Weil es das Allerbeste für uns ist, Tommi. Doch das zeigen wir dir das nächste Mal! Komm jetzt, wir machen noch ein paar Übungen!", antwortet Tim. Die drei Ninja freuen sich, dass sie Tommi begeistern konnten und geben ihm ein High Five.

Tommi hätte noch ewig hier bleiben können, doch plötzlich ist Larabella wieder da und winkt ihn zu sich! Tommi hatte sie in der Aufregung total vergessen und freut sich, sie wieder zu sehen. Er weiß, es ist Zeit, sich zu verabschieden. Larabella verspricht ihm, dass er jederzeit wiederkommen kann und so fällt ihm der Abschied von seinen neuen Freunden gar nicht schwer.

Schwebend verlassen die beiden diese zauberhafte Welt, erreichen wieder den sternenklaren Nachthimmel und landen schließlich in Tommi's Zimmer.

„Danke, dass du mich zu den Ninja geführt hast, Larabella! Das war unglaublich toll und ich habe so viel gelernt. Du wolltest, dass ich Tim, Jim und Kim kennen lerne, damit ich mich gesünder ernähre, stimmts?", ahnt Tommi den Grund seiner nächtlichen Reise. Larabella nickt und blickt Tommi ernst an: „Viele Menschen erkennen erst, wie schön es war, gesund zu sein, wenn sie es nicht mehr sind. Das ist sehr schade, findest du nicht?" Tommi stimmt ihr nachdenklich zu und fragt sogleich: „Wie kann ich dir eigentlich Bescheid geben, wenn ich meine Freunde wieder sehen möchte?
Und kommst du mich wieder besuchen?"

Larabella bleibt ausnahmsweise ruhig vor ihm sitzen und schaut Tommi tief in die Augen.

„Tommi", sagt sie, „Ich bin deine Glücklichheitsfee und bin immer für dich da! Du musst dir nur einen Moment Zeit nehmen, ruhig und tief durchatmen, fest an mich denken und schon kannst du in Gedanken mit mir sprechen. Ich wünsche dir noch eine gute Nacht! Schlaf gut, Tommi!". Mit diesen Worten ist Larabella verschwunden. Erfüllt von den Erinnerungen an sein Gemüse-Ninja-Abenteuer schläft Tommi schnell und sehr glücklich ein.

Als er am nächsten Morgen ein Glas Wasser, einen Apfel und Karotten zu seinem Frühstücks-Butterbrot verlangt, wundert sich seine Familie zuerst. Doch nachdem er von seinem nächtlichen Ausflug mit Larabella erzählt hat, lächeln sich alle wissend an und freuen sich auf seine Fragen. Tommi ist überrascht: „Wie? Was? Wann? Warum habt ihr mir nichts davon erzählt? Wo wart ihr mit Larabella?“
Jetzt will Tommi natürlich alles wissen und zuerst erzählt seine Schwester Lilli ihre Geschichte …

DER GESUNDHEITS-B.O.G.E.N.

hilft dir, auf einen Blick zu erkennen, was gesund für dich ist.

Das Akronym BOGEN steht für:

Bewegung ist wichtig, damit unsere Muskeln trainiert werden, unser Körper in Schwung kommt, Energie tanken kann und wir uns gut und lebendig fühlen.

Obst & Gemüse ist für uns die allerbeste Nahrung. Unsere Erde versorgt uns auf ganz natürliche Weise damit. Gemüse in allen möglichen bunten Variationen gibt uns, was wir brauchen, um fit und gesund zu bleiben und Obst ist die beste Nascherei aus der Natur – einfach die Früchte vom Baum pflücken und essen.

Gute Fette sind das Schmieröl unseres Körpers. Sie sind notwendig, damit wichtige Abläufe auch einwandfrei funktionieren können. Auch Nüsse, Samen und Saaten enthalten diese guten Fette.

Eiweiß in jeder Mahlzeit brauchen wir, weil es für unseren Körper ein Grundbaustein ist. Es ist die Basis für die Organe, die Muskulatur und für viele andere wichtige Stoffe (wie Enzyme, Hormone, Antikörper). Unser Körper kann es nicht selbst produzieren und ist daher auf die regelmäßige Zufuhr von aussen angewiesen.

Natürliches Wasser ist die Basis unserer Gesundheit. Wir bestehen zu 70% aus Wasser und müssen auch regelmässig welches nachfüllen, um fit und gesund zu bleiben! Daher regelmäßig und in kleinen Dosen zwischen den Mahlzeiten Wasser trinken, damit bleiben wir konzentriert, wach und vital!

Du möchtest mehr über den Gesundheits – B.O.G.E.N. erfahren?
Dann lege ich dir mein **kostenfreies Videocoaching** zu diesem Thema ans Herz:
www.larabella.net/gesundheitsbogen

SO WIRST DU GEMÜSE-NINJA

Dein 1. Schritt zum Gemüse-Ninja:

Hast du schon einmal diese drei Sorten Gemüsemunition probiert?
Koste sie und beobachte, wie sie bei dir wirken!
Notiere oder zeichne hier was du schmeckst, fühlst, ...

Erbsen

Karotte

Mais

Dein 2. Schritt zum erfahrenen Gemüse-Ninja:

Lade dir die erweiterte Gemüse-Munitionsliste herunter und teste!

www.larabella.net/gemueseliste

DANKE!

Mein ganz großer Dank gilt meinem lieben Freund **Martin Hahn**. Er ist ein ganz besonderer Mensch mit einem großen Herzen. Ohne ihn wäre dieses Buch nicht möglich gewesen. Er war es, der an mich geglaubt und mein Projekt mit so viel Begeisterung und Liebe unterstützt hat. Er hat mir gezeigt wie es geht, meine Träume zu verwirklichen und mir selbst dabei treu zu bleiben.

Vielen herzlichen Dank auch an meinen wunderbaren Mann und Seelengefährten **Martin** und unsere wundervollen **Kinder**. Sie haben mich immer darin bestärkt, dem Weg meines Herzens zu folgen und alles zu wagen!
Ein besonders liebevolles Dankeschön an meine lieben **Eltern**, die immer hinter mir stehen und mich unterstützen wo sie nur können. Ohne sie gäbe es mich nicht auf dieser Welt!
Herzlichen Dank an unseren Illustrator **John DeGiorgio**, der meine Geschichte in diese wundervollen Bilder transformierte.
Danke, danke, danke auch an **Lisi Tejral**, die mit ganzem Herzen an diesem Projekt mitgearbeitet hat. Sie hat den Text korrigiert und alles auf grandiose und kreative Weise zusammengefügt und perfektioniert.

Ein wunderbares Dankeschön geht auch an die **Schüler** der ehemaligen Volksschulklasse meiner Tochter Lara und ihre außergewöhnliche **Lehrerin**, die das Buch zum Abschlussfilmprojekt machte und mir so die Möglichkeit gab, mich auf anderer Ebene damit auseinanderzusetzen.

Mein besonders herzlicher Dank gehört der **Lehrerin** der Volkschulklasse meines Sohnes Leon und natürlich all ihren **Schülern**. Sie haben im Rahmen eines Leseprojektes das Buch in kleinen Etappen gelesen und dazu gezeichnet. Diese Zeichnungen sind so wunderschön geworden, dass John – mit dem Einverständnis der Eltern natürlich – Teile daraus in seine Illustrationen im Buch integriert hat.

Besonders hervorheben möchte ich die folgenden jungen Künstler und Künstlerinnen:

Goran Zecevic .... S. 5
Laura Jablonska .... S. 6
Leon Sirotek .... S. 6, 12
Sümeyye Beyhan .... S. 7, 37
Ferdi Gulla .... S. 8
Paul Hoffelner .... S. 8, 14
Emil Wieder .... S. 10
Stephanie Telefeyan .... S. 11
Neha Awan .... S. 13, 18
Isabella Ertl .... S. 15, 16
Flori Valkievicz .... S. 19
Marta O. .... S. 20, 22, 26
Lara Sirotek .... S. 21, 35
Felix Haslinger .... S. 24, 25
Rebecca C. .... S. 29, 42
Zoey Kaufmann .... S. 31, 33, 40
Leon Braun .... S. 32
Tülin Büküktazim .... S. 38
Ayse Karadag .... S. 43

Die Seitenzahlen geben an, wo Ausschnitte aus den Zeichnungen des jeweiligen Kindes verwendet wurden. Die Originalbilder der Kinder können online bestaunt werden.

www.larabella.net/kinderzeichnungen

ÜBER DIE AUTORIN ✶ GABRIELE SIROTEK

Es war einmal ...

... ein kleines Mädchen, das sich nichts sehnlicher wünschte, als die große, weite, schöne Welt mit ihren vielen glücklichen Menschen kennenzulernen. Das kleine Mädchen wurde zur jungen Frau und nach der Schule wurde sie Flugbegleiterin und sah sehr viel von der Welt. Doch dabei erkannte sie, dass es nicht nur glückliche Menschen gab, sondern auch sehr viel Armut, Leid und Krankheit. Das machte sie traurig, sie wollte helfen und es in ihrem Leben besser machen. Sie studierte die alten Lehren der Traditionellen Chinesischen Medizin und realisierte wieviel Weisheit und auch Gesundheit darin lagen.
Die Frau fand ihren Traumprinzen, gründete eine Familie und wurde Mutter von drei wunderbaren Kindern, die sie liebte, umsorgte und umhegte, damit sie möglichst gesund blieben und glücklich wurden.

Die mittlerweile erwachsene Frau erkannte, dass Gesundheit die Basis für alles in unserem Leben ist und viel zu wenige Menschen sich wirklich darum kümmerten. Sie wollte auch andere dabei unterstützen, sich gesünder zu ernähren und zu erfahren, was sie lernen und erleben durfte. Sie gründete daher im Jahre 2013 die Online-Gesundheitsplattform www.food4life.at. Dort kann sich jeder und jede kostenlos die ersten und wichtigsten Schritte abholen, um seine Gesundheit selbst in die Hand zu nehmen.
Du findest da ein eBook zu lesen, seit Dezember 2016 den wöchentlichen 'G'sund iss – Podcast zu hören und die persönliche Rezeptsammlung unter www.gesunde-familien-kochen.com. Ab sofort gibt es auch dieses erste Kindergeschichten-Ernährungsbuch, dem noch weitere folgen werden. Die Bücher entstanden, nachdem die Frau drei Jahre lang Workshops an Schulen zum Thema „Gesunde Ernährung" abgehalten hatte und anschließend das in den Schulen Erlebte notieren wollte. Die Geschichten von „Larabella" sollen die Kinder motivieren, Neues auszuprobieren und zu verstehen, warum es wichtig ist, sich gesund zu ernähren und auf seinen Körper zu achten. Wir haben ja nur diesen einen! Da Kinder nur das tun, was sie sehen und nicht das, was sie hören, braucht die Welt viele gute erwachsene Vorbilder, zu denen wir alle jederzeit werden können, wenn wir uns nur dazu entscheiden.

Die Frau ist mit diesem Buch ihrer Vision vieler gesunder und vor allem glücklicher Menschen - allen voran den Kindern - wieder einen kleinen Schritt näher gekommen. Da Kinder für sie die wichtigsten und positivsten Wesen auf dieser Erde sind, hörte sie nicht damit auf, über Gesundheit zu sprechen und zu schreiben ...
und wenn sie nicht gestorben ist, dann lebt sie heute noch gesund und glücklich im Kreise ihrer Liebsten ...

www.food4life.at